KEÇİ ZLATE
VE BAŞKA ÖYKÜLER

KEÇİ ZLATE
VE BAŞKA ÖYKÜLER

ISAAC BASHEVIS SINGER

Resimleyen:
MAURICE SENDAK

Çeviren:
Celâl Üster

CAN ÇOCUK

1. Basım: 1000 adet, Kasım 2017
ISBN 978-975-07-3635-3
Zlateh the Goat and Other Stories

Can Sanat Yayınları Yapım ve Dağıtım Tic. ve San. A.Ş.
Yayıncı Sertifika No: 31730
Hayriye Cad. No:2, 34430 Galatasaray, İstanbul
Telefon: (0212) 2525675-2525988-2525989
Faks: (0212) 2527233
cancocuk.com
cancocuk@cancocuk.com

Kapak Baskı: Azra Matbaası; Sertifika No: 27857
Adres: Litros Yolu 2. Matbaacılar Sitesi D Blok
Kat: 3 No: 3/2 Topkapı, Zeytinburnu, İstanbul
İç Baskı ve Cilt: Yıldız Matbaa Mücellit; Sertifika No: 33837
Adres: Maltepe Mah. Gümüşsuyu Cad. Dalgıç İş Merkezi
No:3 Kat:2 Topkapı, Zeytinburnu, İstanbul

İçindekiler

Resimler

Önsöz

Zamanın geçip gidişi karşısında büyükler kadar çocuklar da şaşkınlığa kapılırlar. Geçip giden bir gün nereye gider? Sevinçleri ve hüzünleriyle dünlerimiz nerededir? Edebiyat, acısıyla tatlısıyla geçmişi anımsamamıza yardımcı olur. Öykücünün gözünde, geçmiş yıllar ve zamanlar gibi dün de hâlâ orada duruyordur.

Öykülerde zaman yok olmaz. İnsanlar ve hayvanlar da. Yazar ve okurları için bütün varlıklar sonsuza kadar yaşar. Çok eskiden olup bitenler şimdi yaşanıyor gibidir.

Bu masalları işte bu ruhla yazdım. Anlattığım insanların pek çoğu artık yaşamıyor, ama benim gözümde hâlâ hayattalar; umarım, bilgelikleriyle, tuhaf inançlarıyla ve bazen de ahmaklıklarıyla okuyucunun gönlünü çalarlar.

Bu kitabı, kentleri yakıp yıkan, masum aileleri yok eden aptalca savaşlar ve acımasız kıyıcılıklar yüzünden büyümeye fırsat bulamayan tüm çocuklara adıyorum. Bu öykülerin okurlarının, bir gün büyüyüp yetişkinliğe eriştiklerinde, yalnızca kendi çocuklarını değil, yeryüzünün dört bir yöresindeki bütün iyi çocukları da sevmelerini diliyorum.

I. B. S.

KEÇİ ZLATE
VE BAŞKA ÖYKÜLER

Sahte Cennet

SAHTE CENNET

Bir zamanlar, bu dünyanın bir yerinde Kadiş adında zengin bir adam yaşıyordu. Bu adamın biricik oğlunun adı Atzel'di. Kadiş'lerin evinde, uzaktan akrabaları olan, Aksa adında öksüz bir kız da yaşamaktaydı. Atzel siyah saçlı, siyah gözlü, uzun boylu bir çocuktu. Aksa, Atzel'den biraz daha kısa boyluydu, gözleri mavi, saçları altın sarısıydı. Hemen hemen aynı yaştaydılar. Bu iki çocuk birlikte yemek yer, birlikte ders çalışır, birlikte oyun oynardı. Atzel koca olurdu, Aksa da onun karısı. Büyüdüklerinde gerçekten evleneceklerine kesin gözüyle bakıyordu herkes.

Ne ki, büyüdüklerinde Atzel birden hastalanıverdi. O güne kadar kimsenin duymadığı bir hastalığa yakalanmıştı: Atzel öldüğünü sanıyordu.

Böyle bir düşünceye nereden kapılmış olabilirdi ki? Kimbilir, belki de cennet masallarını dinleye dinleye kapılmıştı bu sanıya. Küçüklüğünde yaşlı dadısı ona cennetin nasıl bir yer olduğunu anlatır dururdu. Cennette çalışıp çabalamanın, ders çalışmanın, hatta en küçük bir zahmete katlanmanın bile gerekmediğini anlatırdı ona. İnsan cennette yaban öküzü ve balina eti yer, Tanrı'nın, helal süt emmiş kullarına ayırdığı şaraptan içer, bütün gün yan gelir yatar, elini sıcak sudan soğuk suya sokmazdı.

Atzel tembelin tekiydi. Sabahları erken kalkmaktan, ders çalışmaktan nefret ederdi. Bir gün babasının işinin başına geçmek zorunda kalacağını biliyor, ama bunu hiç istemiyordu.

Dadısı ona cennete gitmenin tek yolunun ölmek olduğunu söylediğinden, bir an önce ölmeye karar vermişti. Bunun üstüne o kadar düşünmüş, o kadar kafa yormuştu ki, çok geçmeden, *gerçekten ölmüş olduğunu* hayal etmeye başlamıştı.

Annesiyle babası, Atzel'in başına geleni fark edince hiç kuşkusuz büyük bir kaygıya kapılmışlardı. Aksa gizliden gizliye ağlayıp duruyordu. Atzel'i yaşadığına inandırmak için ellerinden geleni yapıyorlardı, ama o inanmaya yanaşmıyordu. "Neden beni gömmüyorsunuz?" diyordu. "Görmüyor musunuz, öldüm ben. Sizin yüzünüzden cennete gidemiyorum."

Nice hekimler gelip Atzel'i muayene ettiler, hepsi de çocuğu sağ olduğuna inandırmaya çalıştı. Bak, konuşuyorsun, yemek yiyorsun, uyuyorsun işte, diyorlardı. Ama Atzel bir süre sonra yemeden içmeden kesilmeye başladı, ağzını bıçak açmaz oldu. Ailesi artık gerçekten öleceğinden korkmaya başlamıştı.

Telaşa kapılan Kadiş sonunda Dr. Yötz adında, derin bilgisi ve bilgeliğiyle ünlü büyük bir hekime başvurdu. Dr. Yötz Atzel'in hastalığıyla ilgili anlatılanları dinledikten sonra, "Sana söz veriyorum, oğlunu sekiz günde iyileştiririm, ama bir şartla," dedi Kadiş'e. "Sana ne kadar tuhaf gelirse gelsin, her dediğimi yapacaksın."

Kadiş kabul edince de, Dr. Yötz o gün Atzel'i görmeye geleceğini söyledi. Kadiş ev halkını haberdar etmek için hemen eve koştu. Karısını, Aksa'yı ve hizmetkârları karşısına alıp, hekimin buyruklarını sorgusuz sualsiz yerine getirmeleri gerektiğini söyledi; onlar da ses çıkarmadılar.

Dr. Yötz'ü, gelir gelmez, Atzel'in odasına aldılar. Çocuk yatağında yatıyordu; ağzına bir şey koymadığı için sararıp solmuş, bir deri bir kemik kalmıştı, saçları darmadağınık, geceliği bumburuştu.

Doktor, Atzel'e şöyle bir baktıktan sonra, "Neden bu cesedi evde tutuyorsunuz? Neden cenazeyi kaldırmıyorsunuz?" diye bağırdı.

Çocuğun annesiyle babası bu sözleri duyunca dehşete düştü, ama Atzel'in yüzünde bir gülümseyiş belirdi. "Gördünüz mü, haklıymışım," dedi.

Kadiş ve karısı, doktorun sözleri karşısında apışıp kalmalarına karşın, verdikleri sözü anımsadılar ve cenaze töreni için hemen hazırlıklara başladılar.

Atzel doktorun sözleri karşısında o kadar heyecanlanmıştı ki yataktan fırladığı gibi göbek atıp oynamaya başladı. Kanı kaynayınca karnı acıktığı için yemek istedi. Ama Dr. Yötz, "Dur bakalım," diye araya girdi. "Artık cennette yersin."

Daha sonra doktor cennete benzeyen bir odanın hazırlanmasını istedi. Duvarlar beyaz satenle kaplandı, yerlere değerli halılar serildi. Pencerelerin kepenkleri, perdeler sımsıkı kapatıldı. Gece gündüz mumlar ve kandiller yakıldı. Melekleri oynayacak olan hizmetkârlar beyazlara büründüler, sırtlarına kanatlar taktılar.

Atzel üstü açık bir tabuta yatırıldı ve bir cenaze töreni düzenlendi. Mutluluktan o kadar bitkin düşmüştü ki çabucak uykuya dalmıştı. Uyanıp da kendini tanımadığı bir odada bulunca, "Neredeyim ben?" diye sordu.

Kanatlı hizmetkârlardan biri, "Cennettesiniz, efendimiz," diye yanıtladı.

"Çok açım," dedi Atzel. "Biraz balina etiyle kutsal şarap getirin bana."

"Hemen, efendimiz."

Başuşak el çırpar çırpmaz bir kapı açıldı, kanatlı uşaklar ve hizmetçi kızlar ellerinde etler, balıklar, narlar ve hurmalar, ananaslar ve şeftalilerle dolu altın tepsilerle içeriye girdi. Kocaman ak sakallı, uzun boylu bir uşak, şarap dolu bir altın kadeh getirdi. Atzel o kadar acıkmıştı ki aç kurt gibi yedi, ne varsa silip süpürdü. Melekler çevresinde dolanıyor, yeniden istemesine fırsat kalmadan tabağını ve kadehini dolduruyorlardı.

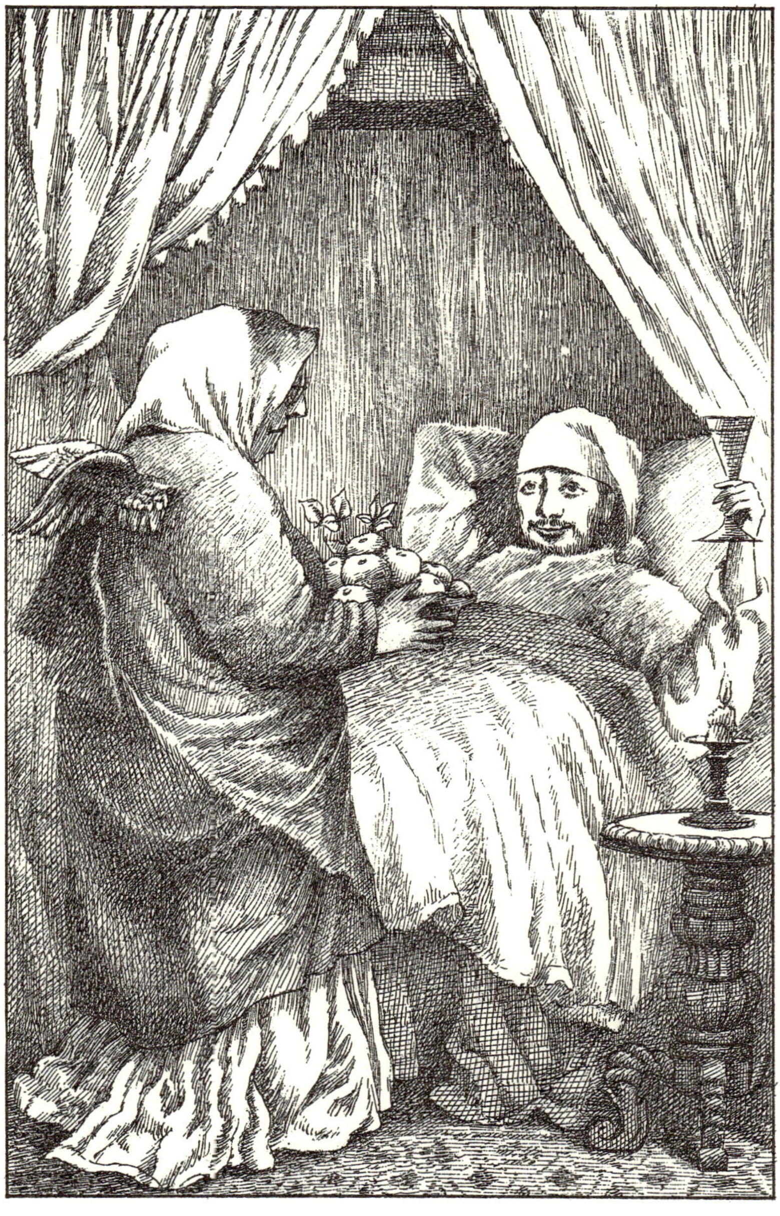

Atzel yemeğini bitirince dinlenmek istediğini söyledi. İki melek onu soyup yıkadı. Sonra da işlemeli ketenden bir gecelik giydirdiler, başına püsküllü bir külah geçirdiler ve onu ipek çarşaflar serilmiş, mor kadife sayvanlı bir yatağa yatırdılar. Atzel o saat derin ve mutlu bir uykuya daldı.

Uyandığında sabah olmuştu, ama geceden bir farkı yoktu. Pencerelerin kepenkleri kapalıydı, mumlar ve kandiller yanıyordu. Uşaklar Atzel'in uyandığını görür görmez bir koşu gittiler, bir gün önceki yemeklerin aynısını getirdiler.

"Neden bana dünkü yemeklerin aynısını veriyorsunuz?" diye sordu Atzel. "Süt, kahve, taze ekmek, tereyağı falan yok mu?"

"Yok, efendimiz," diye yanıtladı uşak. "Cennette insan hep aynı yemeği yer."

"Peki şimdi gündüz mü, gece mi?" diye sordu Atzel.

"Cennette gece gündüz diye bir şey yoktur."

Dr. Yötz hizmetkârların Atzel'le nasıl konuşacaklarını ve ona nasıl davranacaklarını en ince ayrıntılarına kadar anlatmıştı.

Atzel etleri, balıkları, meyveleri bir kez daha yedi, şarabı içti, ama bu sefer bir gün önceki kadar iştahlı değildi. Yemeğini bitirip ellerini altın tasta yıkadıktan sonra, "Saat kaç?" diye sordu.

Uşaklardan biri, "Cennette zaman diye bir şey yoktur," diye yanıtladı.

Bu kez, "Peki, şimdi ben ne yapayım?" diye soracak oldu Atzel.

“Efendimiz, cennette kimse bir şey yapmaz.”

“Öteki cennetlikler nerede?” diye sordu Atzel. “Onlarla tanışmak isterim.”

“Cennette her ailenin yeri yurdu ayrıdır.”

“İyi de, onları ziyaret edemez miyim?”

“Cennette konutlar insanların birbirlerini ziyaret edemeyecekleri kadar uzaktır. Birinden öbürüne ancak bin yılda gidilir.”

“Peki ailem ne zaman gelecek buraya?” diye sordu Atzel.

“Babanızın daha yirmi yıl ömrü var, annenizin de otuz yıl. Hayatta oldukları sürece buraya gelemezler.”

“Ya Aksa?”

“Onun da elli yıldan fazla ömrü var daha.”

“Onca zaman burada yalnız mı kalacağım?”

“Evet, efendimiz.”

Atzel’in keyfi kaçmıştı, başını salladıktan sonra, “Aksa’ya ne olacak?” diye sordu.

“Şu sıralar sizin yasınızı tutuyor. Ama bilirsiniz, efendimiz, insan sonsuza kadar yas tutamaz. Önünde sonunda sizi unutacak, başka bir delikanlıyla tanışıp evlenecektir. Hayat böyledir.”

Atzel kalkıp odayı adımlamaya başladı. Deliksiz uyku ve bol yemek gücünü yerine getirmişti. Tembel Atzel’in içinde yıllardır ilk kez bir şeyler yapma isteği uyanmıştı, ama cennette yapacak hiçbir şey yoktu.

Atzel sekiz gün bu sahte cennette kaldı ve her geçen gün biraz daha kahroldu. Babasını özlüyor, annesi bur-

nunda tütüyor, Aksa'nın hasretini çekiyordu. Aylaklık eskisi kadar çekici gelmiyordu artık. Ders çalışmak için can atıyor, gezip dolaşmayı hayal ediyor, ata binmek, arkadaşlarıyla konuşmak için yanıp tutuşuyordu. İlk gün lezzetine doyamadığı yemeklerin tadı tuzu kalmamıştı.

Sonunda mutsuzluğunu gizleyemez oldu. Uşaklardan birine, "Bakıyorum da," dedi, "hayat sandığım kadar kötü değilmiş."

Uşak, "Hayat zordur, efendimiz," diye yatıştırmaya çalıştı onu. "Okumak, çalışıp çabalamak, didinip durmak gerekir. Oysa burada yan gel yat, ekmek elden su gölden."

"Burada pinekleyeceğime odun keserim, taş taşırım, daha iyi. Bu ne kadar sürecek?"

"Sonsuza kadar."

Atzel saçını başını yolarak, "Sonsuza kadar burada mı kalacağım?" diye bağırdı. "Öldüreyim kendimi, daha iyi."

"Ölü bir insan kendini öldüremez."

Sekizinci gün, baktılar ki Atzel fena halde çaresizliğe sürüklenmiş, daha önceden belirlendiği üzere uşaklardan biri gelip, "Efendimiz," dedi, "bir yanlışlık olmuş. Siz ölü değilsiniz. Cennetten ayrılmanız gerekiyor."

"Yani yaşıyor muyum?"

"Evet, yaşıyorsunuz; sizi dünyaya geri götüreceğim."

Atzel sevinçten uçuyordu. Uşak, Atzel'in gözlerini bağladı, evin uzun koridorlarında bir oraya bir buraya dolaştırdıktan sonra ailesinin beklediği odaya getirdi ve gözbağını açtı.

Pırıl pırıl bir gündü, gün ışığı açık pencerelerden içeriye vuruyordu. Evin çevresindeki kırlar ve meyve bahçelerinden usul usul esen rüzgâr havayı ferahlatıyordu. Bahçede kuşlar ötüşüyor, arılar vızıldayarak o çiçek senin bu çiçek benim geziniyordu. Ağıllar ve ahırlardan Atzel'in kulağına ineklerin böğürmeleri, atların kişnemeleri geliyordu. Atzel annesiyle babasını ve Aksa'yı coşkuyla kucaklayarak öptü.

"Meğer yaşamak ne güzelmiş," diye bağırdı.

Sonra Aksa'ya dönüp, "Ben yokken başka bir delikanlıyla tanışmadın ya?" dedi. "Beni hâlâ seviyor musun?"

"Evet, seni hâlâ seviyorum, Atzel. Seni unutamadım."

"Madem öyle, evlenelim."

Çok geçmeden düğün dernek kuruldu. Dr. Yötz onur konuğuydu. Çalgıcılar çalgılarını çaldı. Uzak kentlerden konuklar geldi. Bazıları at sırtında, bazıları katırlarla, bazıları da develerle. Hepsi de gelinle damada birbirinden güzel armağanlar getirdi. Altın, gümüş, fildişi takılar, türlü türlü değerli taşlar. Yedi gün yedi gece gülüp oynadılar, toy düğün ettiler. İhtiyarların söylediğine göre, o güne kadar gördükleri en şenlikli düğündü. Atzel ile Aksa çok mutlu oldular, birlikte uzun bir ömür sürdüler. Atzel tembelliği bıraktı, yörenin en çalışkan taciri oldu. Kervanları ta Bağdat'a, Hindistan'a ulaştı.

Atzel Dr. Yötz'ün kendisini nasıl iyileştirdiğini ve o sahte cennette neler yaşadığını düğünden sonra öğrenebildi. Sonraki yıllarda Aksa'ya başından geçenleri anlatıp durdu; daha sonraları da, Dr. Yötz'ün akıllara durgunluk veren tedavisinin öyküsünü çocuklarına ve torunlarına anlattılar. Ve öyküyü hep şu sözlerle bitirdiler: "Ama cennetin gerçekte nasıl bir yer olduğunu kim bilebilir ki."

Ninenin Masalı

NİNENİN MASALI

Topaç çevirmek[1] çok eğlencelidir, ama çocukların yatıp uyumaları da gerekir. Lea Nine böyle dedi, ama çocuklar yatmadan önce kendilerine bir masal anlatması için yalvardılar.

Bir zamanlar bir adamın dört oğlu, dört de kızı vardı. Oğlanlar saçlarını bukle yapıp kulaklarının üstüne düşürürler, kızlar saçlarını örerlerdi. Yan yana durduklarında bir merdivenin basamakları gibiydiler. Bir Hanukka[2] bayramında, kandiller yakıldıktan sonra bayram harç-

---

[1] Burada, Yahudilerin Hanukka bayramında çocukların oynadıkları "draydel" oyunundan söz ediliyor. Draydel, üstünde İbrani alfabesinden harfler bulunan dört köşeli bir topaçtır. (Ç.N.)

[2] Yahudilikte Işıklar Bayramı ya da Makabiler Bayramı da denilen bir bayram. Sekiz gün kutlanan Hanukka boyunca tören kandilleri yakılır, karşılıklı armağanlar verilir, çocuklar şenlik oyunları oynar. (Ç.N.)

lıklarını aldılar ve yatma vaktinin geldiğini unutarak topaç oynamaya başladılar. Anneleriyle babaları onlara saatin geç olduğunu hatırlattı. Ama oyunu kazanmakta olan çocuklar daha çok kazanmak, kaybetmekte olanlar da kaybettiklerini geri almak istiyorlardı. Birden kapı vuruldu. Favorili, kaytan bıyıklı, genç bir adam girdi içeriye. Sırtında tilki kürkünden bir palto, başında tüylü bir şapka, ayaklarında mahmuzlu uzun çizmeler vardı. Üstü başı karla kaplıydı, ama keyfi yerinde görünüyordu, bir sıkıntısı yok gibiydi. Dediğine bakılırsa, tipide yolunu kaybetmişti. Sabaha kadar kalmak istiyordu.

Kızağı dışarıda duruyordu. Fildişi oymalarla bezeli kızağa dört kır at koşulmuştu, değerli taşlarla süslü dizginler pırıl pırıl parlıyordu. Oğlanlar atların koşumlarını çıkardılar, ahıra götürüp saman ve yulaf verdiler. Konuğa aç olup olmadığını sordular. "Kurt gibi," diye karşılık verdi. Topaç oyununa katılır mıydı acaba? "Memnuniyetle," dedi ve onlarla oynamak üzere masaya oturdu.

Tarçınlı gözlemeden yedi, reçelli çaydan içti, kehribar piposundan duman halkaları çıkardı. Gümüş paralar sürdü ortaya ve kaybetti. Sonra altın paralar sürdü ve yine kaybetti. Topaç herkeste Gimel harfinin olduğu yüzde duruyordu, onda ise hep Nun[1] harfinin bulunduğu yüzde. Kaybediyor, gülüyor, kaybediyor, şakaya vuruyordu. Şarap ve bal likörü içiyordu, kesesinin dibi yoktu sanki.

[1] İbrani alfabesinin harfleri. Draydel oyununda, topacın Nun harfinin bulunduğu yüzü gelirse sıranızı kaybedersiniz ve topacı bir sonraki oyuncu çevirir. Topacın Gimel yazılı yüzü gelirse kazanırsınız. (Ç.N.)

Saat gece yarısını geçmiş, yatma vakti unutulmuştu. Karanlığın içinde köpekler havlıyor, horozlar ötüyor, tavuklar gıdaklıyor, kargalar gaklıyor, kazlar kıyameti koparıyor, ördekler vaklıyordu. Ahırda atlar kişneyerek ayaklarını yere vuruyorlardı.

En büyük oğlan, "Bu gece bizim hayvanlara ne oldu?" diye sordu. Tam o sırada duvara baktı ve duvarda dokuz yerine yalnızca sekiz gölge olduğunu fark etti. Yabancının gölgesi yoktu. Artık her şey anlaşılmıştı. Şeytanların gölgesi yoktur, herkes bilir. Konukları bir insan değil, iblisti. Saat on üç kez vurduğunda, yabancının aslında kim olduğu konusunda artık kimsenin kuşkusu kalmamıştı.

Yabancı, çocukların yüzündeki korkudan sırrının açığa çıktığını anlayıverdi. Bir kahkaha patlatarak yerinden kalktı, dili göbeğine kadar sarktı, boyu iki kat uzadı, dev gibi oldu. Kulaklarının arkasından boynuzlar çıktı; karşılarında bir iblis duruyordu işte. Kimse ağzını açamadan, topaç gibi fırıl fırıl dönmeye başladı, dönüyor, dönüyor, ev de onunla birlikte fır fır dönüyordu. Hanukka kandili yerinden oynadı, tabaklar fırtınaya yakalanmış gemi gibi sallanan yere yuvarlanıp paramparça oldu. Tam o sırada Şeytan bir ıslık çaldı. Ortalığı fareler bastı, kırmızı başlıklı, yeşil çizmeli gulyabaniler, kahkahalar ve çığlıklar atarak halka olup evin içinde dönenip durmaya başladılar. Birden Şeytan'ın sırtından kanatlar çıktı, "Kukurikuu!" diyerek kanatlarını bir çırptı, herkes ortadan kayboldu.

Altınlar, gümüşler kayıplara karıştı,
Karda kızağın paslı izleri kaldı.
Masadaki paralar sırra kadem bastı,
Geride Şeytan'ın iğrenç kokusu kaldı.
Çocuklar ansızın cin çarpmışa döndü,
Şeytan'ın pisliği dört bir yana saçıldı.
Dört atlı kızağına atladığı gibi Şeytan,
Göz açıp kapayıncaya kayboldu ortadan.
Olanlar oldu, ayıkla pirincin taşını,
Hanukka gecesinde Şeytan oyununu oynadı.

Lea Nine en küçük torununa çorap örerken işte bu masalı anlattı.

Çocuklar, "Nineciğim, nineciğim, n'olur biraz daha anlat," diye yalvardılar. Ama Lea Nine onları başlarından öperek artık yatma vaktinin geldiğini söyledi. "Çocuklar, yarın yeni bir gün başlayacak. Hanukka kandilinde yeni bir mum yanacak, yerler yeniden karla kaplanacak ve ben size yeni bir masal anlatacağım."

Çelm Köyünün Karları

ÇELM KÖYÜNÜN KARLARI

Bir zamanlar Çelm diye bir köy vardı, ahmaklardan geçilmezdi. Genciyle yaşlısıyla bir aptallar köyüydü Çelm. Bir gece köylülerden biri bir fıçıdaki suda ayın yansımasını gördü. Bütün köy ayın suya düştüğünü sandı. Ay kaçmasın diye hemen fıçının kapağını kapadılar. Sabah kapağı açıktıklarında bir de baktılar, ay yok. Bunun üzerine, ayın çalındığına karar verdiler ve polise haber saldılar. Ama hırsız bir türlü bulunamayınca, Çelm'in aptalları ağlayıp sızlandılar, karalar bağladılar.

Köyün aptalları arasında Yedi İhtiyarlardan namlısı yoktu. Çelm'in en yaşlıları ve en ahmakları oldukları için de köyü onlar yönetiyordu. Hepsi de ak sakallı olan bu ihtiyarların kafaları, kukumav gibi düşünüp durdukları için kocaman olmuştu.

Bir Hanukka gecesi, sabaha kadar kar yağdı. Bütün Çelm'i gümüş bir örtü gibi kapladı. Ay parıldıyor, yıldızlar göz kırpıştırıyor, kar inciler ve elmaslar gibi ışıldıyordu.

O akşam Yedi İhtiyarları bir düşüncedir almıştı; oturmuş, derinlere dalmışlardı. Köy paraya sıkışmıştı ve nereden bulacaklarını bilemiyorlardı. Birden, en yaşlıları, Yüce Ahmak Gronam haykırdı: "Kar gümüştür!"

Bir başkası, "Karda inciler görüyorum!" diye bağırdı.

"Ben de elmaslar görüyorum!" diye seslendi beriki.

Çelm'in İhtiyarları, gökten bir hazine yağdığı sanısına kapılmışlardı.

Ama çok geçmeden içlerine bir kurt düştü. Çelm köylüleri yürüyüşe çıkmayı çok severlerdi, belli ki bu hazineyi ezip çiğneyecek, yok edeceklerdi. Bir şeyler yapmak gerekiyordu. Şapşal Tudras ortaya bir fikir attı.

"Bir ulak salalım, gitsin herkesin camına vursun, tüm gümüşler, tüm inciler, tüm elmaslar bir bir toplanıncaya kadar kimsenin evinden çıkmaması gerektiği bildirilsin herkese."

Önce köyün İhtiyarlarının aklına yatar gibi oldu. Bu parlak fikrin hakkını teslim edip ellerini ovuşturdular. Ama birden Ahmak Lekiş korkuya kapılarak haykırdı: "Ya ulak da hazineyi ezip çiğnerse!"

İhtiyarlar Lekiş'i haklı buldular ve sorunu çözmek için bir kez daha külahlarını önlerine koyup düşünmeye başladılar.

"Buldum!" diye bağırdı Mankafa Şmerel.

"Hadi söyle, n'olur," diye yalvar yakar oldu İhtiyarlar.

"Ulak yürümemeli. Bir masanın üstünde taşınmalı ki, paha biçilmez karları ayaklarıyla çiğnemesin."

Mankafa Şmerel'in çözümü herkesin hoşuna gitmişti. İhtiyarlar, ellerini çırparak bilgeliklerine alkış tuttular.

Hemen mutfağa haber saldılar, ayak işlerine koşan Gimpel'i çağırdılar, çocuğu bir masanın üstüne çıkardılar. Peki masayı kim taşıyacaktı? Mutfaktaki aşçı Traytl, patatesleri soyan Berel, salatayı karıştıran Yukel ve köyün ortak keçisine bakan Yontel ne güne duruyordu ki! Dördüne, Gimpel'in üstüne çıktığı masayı kaldırmaları söylendi. Her biri masanın bir ayağından tuttu. Gimpel eline köylülerin camlarını tıklatacağı tahta bir çekiç alıp masanın üstünde dikildi. Öylece yola koyuldular.

Gimpel her pencerenin önüne geldiğinde çekiciyle camı tıklatıp, "Bu gece kimse evden çıkmayacak," diye seslendi. "Gökten hazine yağdı, üstüne basmak yasak."

Çelm köylüleri, İhtiyarların buyruğuna uydular ve bütün gece evden çıkmadılar. Bu arada İhtiyarlar da meclisi kurmuşlar, yerden toplayacakları hazineyi en iyi biçimde nasıl kullanacaklarını belirlemeye çalışıyorlardı.

Şapşal Tudras hazineyi satıp parasıyla altın yumurtlayan bir kaz alınmasını önerdi. Böylece köyün ortak kasasına düzenli bir gelir sağlanacaktı.

Ahmak Lekiş'in başka bir fikri vardı. Neden bütün köy halkına her şeyi daha büyük gösteren mercekler almıyorlardı? O zaman evler, sokaklar, dükkânlar, her şey daha büyük görünecek, eh, Çelm de daha büyük görününce gerçekten de daha büyük olacaktı. Böylece ufacık bir köy olmaktan çıkıp koca bir kent olacaktı.

Daha başka akıllı geçinenler de çıktı, ortaya ne fikirler atıldı. Ama İhtiyarlar bunları ölçüp biçedursun, gün ağardı, sabah oldu. Camdan baktıklarında ne görsünler, yerdeki karlar ayaklar altında çiğnenmemiş mi! Masayı taşıyanların kalın çizmeleri hazineyi yok etmişti.

Çelm'in İhtiyarları ak sakallarını sıvazladılar ve yanlış yaptıklarını kabullendiler. Belki de, diye akıl yürüttüler, dört kişi daha olmalıydı, onlar da ayak işlerine bakan Gimpel'i taşıyan dört kişiyi taşımalıydı!

İhtiyarlar, uzun uzun tartıştıktan sonra, bir dahaki Hanukka'da gökten yine hazine yağarsa böyle yapmaya karar verdiler.

Köylülere gelince, onlar hazineden oldular, ama bir sonraki yıldan umutlarını kesmediler ve köyün İhtiyarları göklere çıkardılar. Biliyorlardı ki, ne kadar zorlu bir sorunla karşılaşırlarsa karşılaşsınlar, bir çözüm bulacaklarına her zaman güvenebilirlerdi.

Birbirine Karışan Ayaklar
ve Sersem Damat

BİRBİRİNE KARIŞAN AYAKLAR VE SERSEM DAMAT

Çelm köyü yakınlarında Doğu Çelm dedikleri ufacık bir köy vardı, yarıcı usulü çiftçilik yapan Şmelka ile karısı Şmelkiça burada yaşardı. Şmelka ve Şmelkiça'nın dört kızları vardı, dördü de aynı kocaman yatakta yatardı. Adları Yenta, Peşa, Trina ve Yaçna'ydı.

Kızlar her sabah erkenden kalkıp süt sağarlar, ev işlerinde annelerine yardım ederlerdi. Ama bir kış sabahı geç kaldılar, yataktan bir türlü kalkamadılar. Neden geciktiklerini merak edip odalarına giden anneleri, bir de baktı, dördü yatağın içinde çığlık çığlığa boğuşuyor. Şmelkiça neden kavgaya tutuştuklarını, neden birbirlerinin saçlarını çekiştirdiklerini soracak oldu. Kızlar da uyurken ayaklarının birbirine karıştığını, artık hangi ayağın kimin ayağı olduğunu bilemediklerini, o yüzden de yataktan bir türlü kalkamadıklarını söylediler.

Aslen Çelmli olan Şmelkiça olup biteni öğrenince çok korktu. Yıllar önce Çelm'de de benzer bir olay meydana gelmişti, işlerin nasıl sarpa sardığını çok iyi hatırlıyordu. Doğruca komşusuna koşup ineklerin sütünü sağmasını rica etti. Sonra da ne yapmak gerektiğini köyün İhtiyarına sormak için Çelm'in yolunu tuttu. Ama yola çıkmadan önce kızlara, "Sakın yataktan kalkmayın ve ben dönünceye kadar yerinizden kıpırdamayın," diye tembihlemeyi de unutmadı. "Yanlış ayaklarla kalkacak olursanız işin içinden çıkamayız."

Şmelkiça Çelm'e varır varmaz, köyün İhtiyarına kızlarının başına geleni anlattı. O da bir eliyle ak sakalını sıvazlarken bir elini de alnına dayadı ve o saat derin düşüncelere daldı. Bir yandan düşünürken diğer yandan da bir Çelm şarkısı mırıldanıyordu.

Bir süre sonra, "Ayaklar birbirine karışmayagörsün," dedi, "çaresi yoktur. Ama bir yol var ki, bazen işe yarayabilir."

Şmelkiça'ya eline uzun bir sopa alıp kızların odasına dalmasını ve ansızın yorganın üstünden kızların ayaklarına vurmaya başlamasını söyledi. "Ola ki," dedi bilge İhtiyar, "kızların her biri şaşkınlık ve acıyla kendi ayaklarını tutar ve yataktan dışarı fırlar." Benzer bir yola daha önceki bir durumda başvurulmuş ve işe yaramıştı.

İhtiyarın yaptığı açıklamaya kulak misafiri olan pek çok köylü onun yüce bilgeliğine bir kez daha hayran kalmıştı. Köyün İhtiyarı bir öğüt daha vermişti: İleride böyle bir kazanın tekrar meydana gelmesini önlemek için kızları yavaş yavaş evlendirmek iyi olurdu. Evlendikleri zaman her birinin kendi evi ve kendi kocası olacak, böylece ayaklarının birbirine karışması tehlikesi ortadan kalkacaktı.

Şmelkiça Doğu Çelm'e döner dönmez, eline bir sopa alıp kızların odasına daldı, yatağa pat pat vurmaya başladı. Neye uğradıklarını şaşıran kızlar birden acı ve korkuyla çığlığı basarak kendilerini yataktan dışarı attılar; her biri kendi ayakları üstünde sıçrayıp duruyordu. Şmelkiça'nın ardından eve dalıp olup bitene tanık olan baba Şmelka ile birkaç komşu bir kez daha anladılar ki köyün İhtiyarının bilgeliği sınır tanımıyordu.

Şmelka ile Şmelkiça arayı soğutmadan köyün İhtiyarının ikinci öğüdüne de uymaya karar verdiler ve en büyük kızlarına bir koca aramaya başladılar. Çok geçmeden, Çelm'de yaşayan Lemel adında bir delikanlı buldular. Babası arabacıydı, üstelik Lemel'in de bir arabasıyla bir atı vardı. Belli ki Yenta'nın müstakbel kocası ailesinin geçimini sağlayabilecek bir gençti.

Evlilik sözleşmesinin imzalanması için çifti bir araya getirdiklerinde, Yenta hüngür hüngür ağlamaya başladı. Neden ağladığı sorulduğunda da, "Lemel bir yabancı," diye yanıt verdi. "Bir yabancıyla evlenmek istemiyorum."

"Ben de bir yabancıyla evlenmedim mi, kızım?" diye sordu annesi.

"Sen babamla evlendin," diye yanıtladı Yenta. "Oysa ben elin adamıyla evlenmek zorundayım." Gözyaşlarına boğulmuştu.

Evlilik tam suya düşmek üzereydi ki törene davet ettikleri Çelm köyünün İhtiyarı biraz düşündükten sonra yine bir çözüm buldu. "Evlilik sözleşmesini imzala, kızım," dedi Yenta'ya. "İmzaladığın anda Lemel senin nişanlın olacak. Evlendiğin zaman, bir yabancıyla değil, nişanlınla evlenmiş olacaksın."

Yenta bu sözleri duyunca sevinçten havalara uçtu. Lemel köyün İhtiyarını tam üç kez koca alnından öptü. Orada bulunanlar da, köyün İhtiyarının Hz. Süleyman'ın bilgeliğini bile geride bırakan bilgeliğine alkış tuttular.

Gel gör ki bu sefer de başka bir sorun çıktı. Lemel de, Yenta da imza atmayı bilmiyordu.

Köyün İhtiyarı bir kez daha imdatlarına yetişti: "Yenta kâğıda üç küçük daire çizsin, Lemel de üç çizik atsın. Bunlar onların imzası olsun ve sözleşmeyi geçerli kılsın."

Yenta ile Lemel İhtiyarın dediği gibi yaptılar ve herkesin ağzı kulaklarına vardı, başı göğe erdi. Şmelka tüm şahitlere peynirli börek ve borş çorbası ikram etti ve tabii ki ilk çorba kâsesi o gün iştahı pek yerinde olan köyün İhtiyarına sunuldu.

Lemel kendi atı ve arabasıyla geldiği Çelm'e dönmeden, Şmelka ona sedef saplı küçük bir çakı armağan etti. O gün Hanukka'nın ilk günü olduğu için çakı hem nişan, hem de bayram armağanı yerine geçti.

Lemel köylülerden süt, tereyağı, saman, yulaf ve

ketentohumu almak için sık sık Doğu Çelm'e gelir, bu aldıklarını Çelm köylülerine satardı. O yüzden, çok geçmeden yeniden Yenta'yı görmeye geldi. Şmelka Lemel'e Çelm'deki arkadaşlarının çakıyı beğenip beğenmediklerini sorunca Lemel arkadaşlarının çakıyı hiç görmediklerini söyledi.

"Neden görmediler ki?" diye sordu Şmelka.

"Kaybettim de ondan."

"Nasıl kaybettin ki?"

"Çakıyı arabaya koymuştum, samanların arasında kayboldu."

Şmelka Çelm'in yerlisi değildi, oralardaki başka bir köyden gelmişti. Lemel'e dedi ki: "İnsan çakıyı ot ve saman dolu bir arabaya koyar mı hiç, hele bir de arabanın altında çatlaklar ve delikler varsa. Çakıyı cebine koyarsın, o zaman kaybolmaz."

"Haklısınız, müstakbel kayınpederim," diye yanıtladı Lemel. "Bir dahaki sefere öyle yaparım."

İlk armağanı kaybettiği için, Şmelka bu kez Lemel'e bir kavanoz taze kızartılmış tavuk yağı verdi. Lemel de teşekkür edip Çelm'e geri döndü.

Günler sonra Lemel'in iş için yolu yine Doğu Çelm'e düştüğünde, Yenta'nın anasıyla babası Lemel'in paltosunun cebinin yırtılmış olduğunu ve paltosunun sol tarafının yağ lekesiyle kaplı olduğunu fark ettiler.

"Paltona ne oldu?" diye sordu Şmelkiça.

"Tavuk yağı dolu kavanozu cebime koymuştum," diye yanıtladı Lemel, "ama yol delik deşik, çukurdan, tümsekten geçilmiyor, tabii ben de arabanın kenarına çarpıp durdum. Kavanoz kırılıp cebimi delmiş, bütün yağ üstüme dökülmüş."

"Tamam da, tavuk yağı dolu kavanozu neden cebine koydun ki?" diye sordu Şmelka.

"Bana öyle demediniz mi?"

"Ben sana çakıyı cebine koymalıydın demiştim. Tavuk yağı dolu kavanozu bir kâğıda sarıp samanların arasına yerleştirseydin kırılmazdı."

"Bir daha ki sefere öyle yaparım," dedi Lemel.

İlk iki armağan boşa gittiğinden, bu kez Yenta babasının Hanukka'da armağan ettiği gümüş guldeni verdi Lemel'e.

Bir zaman sonra Lemel yeniden köye uğradığında, ona gümüş guldenle ne aldığını sordular.

Lemel de, "Kaybettim," dedi.

"Nasıl kaybettin peki?"

"Bir kâğıda sarıp samanların arasına yerleştirdim. Ama Çelm'e varıp malları arabadan indirdiğimde gümüş gulden gitmişti."

"Gümüş gulden tavuk yağı dolu kavanoz değil ki, evladım," diye akıl verdi Şmelka. "Gümüş guldeni para kesene koyacaksın."

"Bir dahaki sefere öyle yaparım."

Lemel Çelm'e dönmeden, Yenta ona tavukların altından yeni aldığı sıcacık yumurtalardan verdi.

Bir dahaki gelişinde yumurtaları beğenip beğenmediğini sorduklarında, Lemel hepsinin kırıldığını söyledi.

"Nasıl kırıldılar?"

"Para keseme koymuştum, kesenin ağzını kapatmaya çalışırken hepsi kırıldı."

"Yumurtaların para kesesine konulduğu nerede görülmüş!" dedi Şmelka. "Yumurtaları dibine saman yerleştirilmiş bir sepete koyarsın, üstüne de bir bez örtersin, o zaman kırılmazlar."

"Bir dahaki sefere öyle yaparım."

Armağanların hepsi de ziyan olduğu için Yenta bu kez Lemel'e canlı bir ördek verdi.

Bir dahaki gelişinde Lemel'e ördeğin ne âlemde olduğunu sordular, ama Lemel ördeğin daha Çelm'e varmadan öldüğünü söyledi.

"Nasıl öldü peki?"

"Siz ne dedinizse onu yaptım. Ördeği içi saman döşeli bir sepete koydum, üstünü de bezlerle bir güzel örttüm. Eve vardığımda ördek ölmüştü."

"Ördeğin nefes alması gerekir," dedi Şmelka. "Üstünü bezlerle örtersen, nefes alamaz, boğulur. Ördeği bir kafese koyacaksın, oğlum, yanına da yesin diye biraz mısır bırakacaksın, o zaman götüreceğin yere sağ salim varır."

"Bir dahaki sefere öyle yaparım."

Armağanların hepsi de heba olup gittiği için Yenta bu sefer Lemel'e yıllardır küçük bir akvaryumda beslediği küçük kırmızı balığı verdi.

Bir süre sonra yeniden geldiğinde, Lemel'e küçük kırmızı balığın ne olduğunu sordular ve balığın da öldüğünü öğrendiler.

"Neden öldü?"

"Bir kafese koydum, yanına da mısır bıraktım, ama eve geldiğimde bir de baktım ölmüş."

Lemel yine armağansız kaldığı için, Yenta bu kez ona çok sevdiği kanaryasını armağan etmeye karar verdi. Ama Şmelka Lemel'e bir armağan daha vermenin hiçbir anlamı olmadığını söyledi; ona ne verilse ya ölüyor ya da kayboluyordu. Sonunda, Şmelka ile Şmelkiça Çelm köyünün İhtiyarına akıl danışmaya karar verdiler.

Olup biteni başından sonuna kadar pürdikkat dinleyen İhtiyar, her zamanki gibi bir eliyle uzun ak sakalını sıvazladı, bir elini de geniş alnına koydu.

Kendi kendine bir şeyler mırıldanarak uzun uzun düşündükten sonra dedi ki: "Doğu Çelm ile Çelm arasındaki yol akla hayale gelmedik tehlikelerle dolu olduğu için meydana gelmiş bu uğursuzluklar. En iyisi, onları çabucak evlendirmek. O zaman Lemel ile Yenta hep birlikte olur, Lemel armağanlarını oradan oraya taşımak zorunda kalmaz, başlarına da hiçbir uğursuzluk gelmez."

Bu öğüt herkesin hoşuna gitti. Lemel ile Yenta çok geçmeden evlendiler. Doğu Çelm'in bütün köylüleri ile Çelm halkının yarısı düğünde gülüp oynadılar, kurtlarını döktüler. Senesine kalmadı, Yenta bir kız çocuğu dünyaya getirdi. Lemel de Çelm köyünün İhtiyarına koşup iyi haberi verdi, bir çocukları olduğunu söyledi.

"Erkek mi?" diye sordu İhtiyar.

"Hayır."

"Kız mı?"

Lemel şaşkınlıkla, "Nasıl anladınız?" diye sordu.

Bunun üzerine Çelm köyünün İhtiyarı şöyle dedi: "Çelm'in bilgeleri için hiçbir şey sır değildir."

Şlemiel'lerin Şahı

ŞLEMIEL'LERİN ŞAHI

Dünyada soyadı Şlemiel olan pek çok kişi vardır, ama Şlemiel'lerin şahı Çelm köyündendi. Bay Şlemiel'in bir karısı ve bir de çocuğu vardı, ama Bayan Şlemiel ile Küçük Şlemiel'in geçimini sağlayamıyordu. Karısı sabah erkenden kalkar, pazarda sebze satardı. Bay Şlemiel ise evde oturur, bebeği uyuturdu. Bir de, evin odasında onlarla birlikte yaşayan horoza bakar, mısırını ve suyunu verirdi.

Bayan Şlemiel kocasının hem beceriksiz, hem de tembel olduğunu biliyordu. Üstelik Bay Şlemiel uykuyu çok sevdiği gibi tatlıya da pek düşkündü. Bayan Şlemiel bir gece oturdu, nefis bir reçel yaptı, hem de bir kavanoz. Ama ertesi gün pazara gittiğinde, kocasının koca kavanozu yiyip bitirmesinden korkuyordu. O yüzden sabah evden çıkarken, "Şlemiel," dedi, "ben pazara gidiyorum, akşama dönerim. Sana söylemek istediğim üç şey var. Hepsi de çok önemli."

"Neymiş, söyle bakalım," dedi Şlemiel.

"Birincisi, gözünü dört aç, bebek beşikten düşmesin."

"Merak etme. Gözüm gibi bakarım ona."

"İkincisi, gözünü horozdan ayırma, sakın dışarı çıkmasın."

"Tamam. Horoz evden dışarı çıkmayacak."

Bayan Şlemiel dolabın tepesine yerleştirdiği reçel kavanozunu göstererek, "Üçüncüsü, rafta bir kavanoz zehir duruyor," dedi, "sakın yemeye kalkma, ölürsün."

Kadıncağız, nefis reçelin bir kez tadına bakmayagörsün, Bay Şlemiel'in kavanozun dibini bulacağından emindi, o yüzden onu kandırmaya karar vermişti. Hanukka yaklaşıyordu, reçeli bayram gözlemeleriyle birlikte konuklara sunacaktı.

Şlemiel, karısı gider gitmez, bebeğin beşiğini sallamaya ve ona bir ninni söylemeye başladı:

Ben büyük Şlemiel'im,
Sen küçük Şlemiel'sin.
Büyüyüp koca adam olduğunda,
Sen büyük Şlemiel olacaksın,
Ben de ihtiyar Şlemiel.
Çocukların olduğunda,
Sen baba Şlemiel olacaksın,
Ben de dede Şlemiel.

Çok geçmeden bebek uyudu, Şlemiel de ayağıyla beşiği sallarken uykuya daldı.

Şlemiel rüyasında Çelm'in en zengin adamı olduğunu gördü. O kadar zengindi ki yalnızca Hanukka bayramında değil, her gün reçelli gözleme yiyebiliyordu. Çelm'in öteki zenginleriyle birlikte bütün gün topaç çeviriyordu, hem de altın bir topaç. Şlemiel bir hile öğrenmişti, topacı her çevirişinde "G." tarafı geliyor ve oyunu kazanıyordu. O kadar ün salmıştı ki uzak ülkelerin soyluları ayağına kadar gelip, "Şlemiel, bizim kralımız ol," diyorlardı.

Şlemiel de onlara, kral olmak istemediğini söylüyordu. Ama soylular önünde diz çöküp yalvar yakar oluyor ve sonunda Şlemiel'i kral olmaya razı ediyorlardı. Başına bir taç geçirip, onu altın bir tahta oturtuyorlardı. Bayan Şlemiel de kraliçe olmuştu elbet, artık pazarda sebze satmak zorunda değildi. İkisi yan yana oturuyorlar, aralarında da üstüne reçel sürülmüş koskocaman bir gözleme duruyordu. Biri bir ucundan, diğeri öbür ucundan yemeye başlıyordu, ortada bir şey kalmayınca dudakları birleşiyordu.

Şlemiel tatlı rüyalara daladursun, horoz birden ötmeye başladı. *Üü-ürü-üü* diye bir çığırdı, sanki çanlar çaldı. Ama Çelm'de çanlar çaldı mı, köyde yangın çıkmış demekti. Şlemiel ansızın uyandı, gözlerini açtı, korkuyla yerinden fırlarken beşiği deviriverdi. Bebek beşikten düşüp başını yere çarptı. Şlemiel şaşkınlıkla, neresi yanıyor diye koşup camı açtı. Ama cam açılır açılmaz, horoz bir çırpıda kendini dışarı attı, hoplaya zıplaya koşturdu.

Şlemiel arkasından bağırdı: "Çabuk geri dön, rezil horoz! Bayan Şlemiel kaçtığını öğrenirse öfkeden kudurur, söylemediğini bırakmaz, canıma okur!"

Ama horoz oralı olmadı. Dönüp bakmadı bile, çok geçmeden de gözden kayboldu.

Şlemiel yangın falan çıkmadığını anlayınca pencereyi kapattı, hemen bebeğin başına koştu. Beşikten düşünce alnında kocaman bir şişlik beliren bebek hüngür hüngür ağlıyordu. Şlemiel bebeği güçbela yatıştırıp susturdu, yeniden beşiğe yerleştirdi.

Beşiği sallayarak bir ninni tutturdu:

Rüyamda Karun kadar zengindim,
Uyandım, ne göreyim, yokluk içindeyim.
Rüyamda reçelli gözlemeyi mideye indirdim,
Uyandım, ne göreyim, kuru ekmeğe talim.
Rüyamda kraldım, beyler beyiydim,
Uyandım, ne göreyim, miskinin tekiyim.

Şlemiel ninni söyleyerek bebeği uyuttuktan sonra kendi derdine düştü. Karısı eve dönüp de horozun kaçtığını, bebeğin başındaki şişi görünce küplere binecek, kendini kaybedecekti. Bayan Şlemiel öfkelendi mi danalar gibi böğürür, yeri göğü inletir, zavallı Şlemiel de korkudan tir tir titrerdi. Karısı eve döndüğünde başına gelecekleri kestirebiliyordu, kadının cinleri başına toplanacak, verip veriştirecek, ağzına geleni söyleyecekti.

Şlemiel birden, "Böyle yaşamanın ne anlamı var?" dedi

kendi kendine. "Öleyim, daha iyi." Ve canına kıymaya karar verdi. Ama nasıl yapacaktı bunu? O anda, karısının sabahleyin söylediklerini hatırladı: Rafta bir kavanoz zehir duruyordu. "Tamam işte!" dedi. "Kendimi zehirlerim, olur biter. Ben öldükten sonra istediği kadar sövüp saysın ardımdan. Ölü bir Şlemiel hiçbirini işitmez."

Boyu kısa olduğu için rafa erişemedi. Tabureye çıkıp kavanozu aldı, içindekini yemeye başladı.

"Vay be," dedi kendi kendine, "zehir de nefismiş hani." Bazı zehirlerin acı, bazılarının da tatlı olduğunu duymuştu. "Ama tatlı zehir acı zehirden iyidir," deyip reçeli mideye indirdi. O kadar lezzetliydi ki hepsini yalayıp yuttu.

Bir kavanoz reçeli yalayıp yuttuktan sonra yatağa uzandı. Zehrin çok geçmeden içini yakacağından, biraz sonra da öleceğinden emindi. Gel gör ki yarım saat geçti, bir saat oldu, Şlemiel'in midesinde hâlâ en ufak bir ağrı yoktu.

"Bu zehir çok yavaş etki ediyor olsa gerek," diye düşündü. Susamıştı, su içmek istedi, ama evde hiç su kalmamıştı. Çelm köyüne su dışarıdaki bir kuyudan taşınıyordu, gelgelelim Şlemiel o kadar tembeldi ki oraya kadar gidip su getirmeyi aklının ucundan bile geçirmedi.

Tam o sırada, karısının bayramlarda içmek için bir şişe elma şarabı ayırdığını hatırladı. Elma şarabı pahalı bir şeydi, ama insanın ölmek üzereyken tutumlu davranmasının ne anlamı vardı ki? Elma şarabı şişesini bulup çıkardı, başına diktiği gibi son damlasına kadar içti.

Çok geçmeden midesinde bir ağrı hissedince, zehrin artık etkisini göstermeye başladığından kuşkusu kalmadı. Ölmek üzere olduğuna iyice aklı kestiği için de, kendi kendine, "Ölmek hiç de fena değilmiş. Zehrin böylesiyle her gün ölmeye razıyım," dedi ve uykuya daldı.

Rüyasında yine kral olduğunu gördü. Başında üst üste üç taç vardı. Önünde üç altın çanak duruyordu: Biri gözleme, biri reçel, biri de elma şarabı doluydu. Yedikleri sakalına bulaştığında, bir uşak peçeteyle sakalını siliyordu.

Yanındaki tahtta oturan kraliçe, Bayan Şlemiel, "Çelm'de hüküm sürmüş kralların en büyüğü sensin," diyordu. "Bütün Çelm halkı senin bilgeliğine saygı duyuyor. Böyle bir kralın karısı dünyanın en talihli kraliçesidir. Böyle bir babanın oğlu dünyanın en mutlu prensidir."

Şlemiel kapının gıcırdayarak açılmasıyla uyandı. İçerisi karanlıktı; birden karısının cıyaklamasını duydu: "Şlemiel, lambayı neden yakmadın?"

Şlemiel, "Karımın sesine benziyor," dedi kendi kendine. "Ama karımın sesini nasıl duyabiliyorum ki? Ölmüş olmam gerekiyor. Yoksa zehir hâlâ etkisini göstermedi mi? Sakın yaşıyor olmayayım!" Yerinden kalktı, bacakları titriyordu. Bir de baktı, karısı lambayı yakıyor.

Bayan Şlemiel ansızın avazı çıktığı kadar bağırdı: "Şu bebeğin haline bak! Kafasında şişlik var. Şlemiel, horoz nereye gitti, elma şarabını kim içti? Vay başıma gelenler! Bütün elma şarabını içmiş bu herif! Horoz kaçmış gitmiş, bebeğin kafasında da koca bir şişlik! Şlemiel, ne yaptın sen bakayım?"

"Bağırma, sevgili karıcığım. Ben ölüyorum. Yakında dul kalacaksın."

"Ölüyor musun? Dul mu kalacağım? Sen ne diyorsun, be adam! Yanağından kan damlıyor, turp gibisin yahu!"

"Kendimi zehirledim," dedi Şlemiel.

"Zehirledin mi? Nasıl yani?" diye sordu Bayan Şlemiel.

Şlemiel boş reçel kavanozunu göstererek, "Bir kavanoz zehri yedim bitirdim," dedi.

"Ne zehri?" dedi Bayan Şlemiel. "O kavanozda Hanukka bayramı için hazırladığım reçel vardı."

"Ama sen bana kavanozdakinin zehir olduğunu söylemiştin," diye diretti Şlemiel.

"Sersem herif!" dedi kadın. "Bayramdan önce reçeli yemeyesin diye öyle söylemiştim. Koca kavanozun dibine darı ekmişsin." Ve hüngür şakır ağlamaya başladı.

Şlemiel de yaşlara boğuldu, ama üzüntüden değil. Ölmeyeceği için sevinç gözyaşları döküyordu. Tam o sırada ikisinin ağlamasına uyanan bebek de zırlamaya başlamasın mı! Onların ağlayışlarını duyan komşular koşup geldiler ve çok geçmeden bütün köy olup biteni öğrendi. Şlemiel'lerin haline acıyan iyi yürekli komşular, hemen bir kavanoz reçelle bir şişe elma şarabı getirdiler. Soğukta dolaşmaktan buz kesen ve karnı acıkan horoz da kendiliğinden dönünce, Şlemiel'ler mutlu bir bayram geçirdiler.

Çelm köyünde ne zaman olağandışı bir olay meydana gelse, İhtiyarlar hemen toplanır, olup biten üstüne kafa yorarlardı. Bu sefer de öyle oldu. Yedi gün yedi gece oturdular, enselerini kaşıdılar, sakallarını sıvazladılar, bu olayın anlamını çözmeye çalıştılar. Sonunda bütün bilgeler aynı sonuca vardı: Beşikte bir bebeği ve bakması gereken bir horozu olan bir kadın, kocasına asla yalan söylememeli, kavanozda reçel varken zehir var ya da kavanozda zehir varken reçel var dememeli; kocası tembelin teki, tatlıya düşkün ve bir Şlemiel[1] olsa bile.

[1] Şlemiel: Ahmak, sersem, aptal, enayi. (Ç.N.)

Şeytan'ın Oyunu

ŞEYTAN'IN OYUNU

Üç gün üç gecedir kar yağıyordu. Evler kar altında kalmış, pencerelerin camları buz tutmuştu. Rüzgâr bacalarda ıslık çalıyordu. Fırtına ayazda karlara takla attırıyordu.

Şeytan'ın karısı, bir elinde süpürge, diğer elinde ip, çemberine atlamış geliyordu. Önünde kara sakallı, kıvrık boynuzlu, beyaz bir keçi koşuyordu. Şeytan ise koşar adım ardından geliyordu; suratı örümcek ağından farksızdı, gözlerinin yerinde çukurlar vardı, saçları omuzlarına kadar iniyordu, sanki uzun sırıkların üstünde yürüyordu.

Alçak tavanlı, duvarları is kaplı, daracık bir kulübede, David adında solgun yüzlü, kara gözlü bir çocuk öylece oturuyordu. Hanukka bayramının ilk gecesinde, minicik kardeşiyle baş başa kalmıştı. Babası mısır almak için köye gideli üç gün olmuş, hâlâ dönmemişti. David'in annesi kocasını aramaya gitmiş, ama o da geri gelmemişti.

Bebek beşiğinde uyuyordu. Hanukka kandilinin, David'in yaktığı ilk mumu odaya titrek bir ışık yayıyordu.

David o kadar kaygılanmıştı ki artık evde duramadı. Pamuklu ceketini giydi, kulaklıklı kasketini kafasına geçirdi, bebeğin üstünün örtülü olup olmadığına baktıktan sonra annesiyle babasını aramaya çıktı.

Şeytan da bunu bekliyordu. O saat fırtınayı daha da şiddetlendirdi. Göğü kapkara bulutlar kapladı. Ortalık o kadar kararmıştı ki David önünü güçbela görebiliyordu. Ayaz yüzünü yakıyordu. Kar ortalığı kasıp kavuruyordu. Rüzgâr David'i ceketinin kuyruklarından yakalamış, neredeyse havaya kaldıracaktı. Sanki binlerce iblis çevresinde kahkahalar atıyordu.

David cinlerin peşinde olduğunu anlamıştı. Eve dönmek istedi, ama yolu bulamadı. Kar ve karanlık *her şeyi* yutmuştu. İblislerin annesiyle babasını yakalamış olabileceklerini düşündü. Onu da yakalarlar mıydı acaba? Neyse ki Şeytan'ın oyunu er ya da geç bozulur. Şeytan, ne kadar kurnaz olursa olsun, hele Hanukka bayramıysa, önünde sonunda mutlaka şaşar.

Kötücül ruhlar yıldızları gizlemeyi başarmış, ama Hanukka kandilinin biricik mumunu söndürememişlerdi. David mumun ışığını gördü ve oraya doğru koştu. Şeytan da ardına düştü. Arkasından da, çemberine binmiş, Şeytan'ın karısı geliyordu; çığlıklar atarak süpürgesini sallıyor, elindeki ipi kement gibi savurarak David'in boynuna geçirmeye çalışıyordu. David onlardan daha hızlı koşuyordu ama kulübeye ulaştığında Şeytan ensesindeydi. Kapıyı açınca, Şeytan onunla birlikte içeri girmeye çalıştıysa da David kapıyı çabucak kapattı, ama o itiş kakışta Şeytan'ın kuyruğu kapıya sıkıştı.

"Kuyruğumu geri ver," diye çığlığı bastı Şeytan.

"Sen de annemle babamı geri ver," diye yanıtladı David.

Şeytan, onlara ne olduğunu bilmiyorum, diye yeminler ettiyse de David yutmadı.

"Annemle babamı kaçırdın, kahrolası Şeytan," dedi. Sonra da keskin bir baltayı kaptığı gibi, Şeytan'a kuyruğunu keseceğini söyledi.

Şeytan, "Acı bana. Sadece bir kuyruğum var," diye bağırdı ve hemen karısına dönüp, "Çabuk, kara dağların ardındaki mağaraya koş, yolda yakaladığımız adamla kadını buraya getir," dedi.

Şeytan'ın karısı çemberine atladığı gibi gitti, adamla kadını çabucak geri getirdi. David'in babası çembere binmiş, cadı karının saçlarına yapışmıştı. Annesi ise beyaz keçinin sırtındaydı, keçinin kara sakalına sımsıkı tutunmuştu.

Şeytan, "Annenle baban geldi işte. Şimdi kuyruğumu geri ver," dedi.

David anahtar deliğinden baktı, annesiyle babası gerçekten de oradaydı. Kapıyı açıp onları bir an önce içeri almak için can atıyordu, ama Şeytan'ı hemen salıvermek niyetinde değildi.

Pencereye koştu, Hanukka mumunu aldı ve Şeytan'ın kuyruğunun ucunu yakıverdi. "Artık bunu hiç unutmazsın, Şeytan efendi," diye bağırdı. "Kulağına küpe olsun, Hanukka bayramında çıngar çıkarmazsın bir daha."

En sonunda kapıyı açtı. Şeytan da yanık kuyruğunu yaladıktan sonra karısını da alıp, arkasına bakmadan, insan ayağı basmamış, inlerle cinlerin top oynadığı, yerin demire, göğün bakıra kestiği diyara kaçtı.

Keçi Zlate

KEÇİ ZLATE

Hanukka zamanı köyden kasabaya giden yol genellikle karla kaplanır, ama bu yıl kış yumuşak geçmişti. Hanukka bayramı gelmek üzere olmasına karşın pek kar yağmamıştı. Hava çoğu zaman güneşliydi. Köylüler bu durumdan yakınıyorlardı, çünkü yağış olmayınca kış ekininden iyi hasat alamayacaklardı. Taze otlar boy attığından köylüler sığırlarını otlağa salmışlardı.

Kürkçü Reuven de kötü bir yıl geçirdiği için uzun duraksamalardan sonra keçi Zlate'yi satmaya karar vermişti. Zlate hem yaşlıydı, hem de artık pek az süt veriyordu. Kasabanın kasabı Feyvel, Zlate için sekiz gulden önermişti. Bu parayla Hanukka mumları, patates, gözleme için yağ, çocuklara armağanlar alınabilir, evin daha başka bayram gereksinimleri karşılanabilirdi. Reuven en büyük oğlu Aron'a keçiyi kasaba götürmesini söyledi.

Aron keçiyi Feyvel'e götürmenin ne anlama geldiğini anlamıştı, ama babasının dediğini yapmak zorundaydı. Haberi duyunca annesi Lea'nın gözlerinden yaşlar aktı. Aron'un kız kardeşleri Anna ve Miryam hüngür hüngür ağladılar. Aron pamuklu ceketini ve kulaklıklı kasketini giydi, Zlate'nin boynuna bir ip geçirdi, yolluk olarak yanına iki dilim peynirli ekmek aldı. Keçiyi akşam teslim edecek, geceyi kasabın evinde geçirecek, ertesi gün parayı alıp eve dönecekti.

Tüm aile keçiyle vedalaşırken, Aron da hayvanın boynundaki ipi sıkılaştırdı. Zlate ise her zamanki sabrı ve yumuşak başlılığıyla öylece bekliyordu. Reuven'in elini yaladı, küçük ak sakalını salladı. Zlate insanlara güvenirdi. Onu her zaman beslediklerini, ona hiçbir zaman zarar vermediklerini bilirdi.

Aron onu kasaba yoluna çıkardığında biraz şaşırmış görünüyordu. O güne kadar hiç o yöne götürülmemişti. "Beni nereye götürüyorsun?" diye sorarcasına dönüp Aron'a baktı. Ama bir süre sonra, bir keçinin soru sormaması gerektiği sonucuna vardı sanki. Yine de, gittikleri yol daha önce geçtikleri yollara hiç benzemiyordu. Daha önce hiç görmediği tarlalardan, otlaklardan, saz damlı kulübelerin önünden geçtiler. Arada sırada bir köpek havlayarak üstlerine geliyor, ama Aron sopasını sallayarak onları uzaklaştırıyordu.

Aron köyden çıktığında güneş parlıyordu. Ne ki, hava birden değişti. Doğuda ortası maviye çalan büyük kara bir bulut belirdi ve gökyüzünü hızla kaplayıverdi. Sert bir rüzgâr çıkmıştı. Kargalar gaklayarak alçaktan uçuyordu. İlk başta yağmur boşanacak gibiydi, ama çok geçmeden yazın olduğu gibi dolu yağmaya başladı. Sabahın erken saatleri olmasına karşın ortalık karardı. Bir süre sonra da dolu kara çevirdi.

Aron on iki yıllık yaşamında ne havalar görmüştü ama böyle bir kar yağışına hiç tanık olmamıştı. O kadar yoğun yağıyordu ki gün ışığını gemlemişti. Kısa bir süre sonra yol tümüyle kar altında kaldı. Rüzgâr zehir gibiydi. Kasaba yolu dar ve dönemeçliydi. Aron artık nerede olduğunu bilemiyordu. Göz gözü görmüyordu. Soğuk pamuklu ceketinden içeri sızmaya başlamıştı.

Zlate ilk başlarda havanın bu denli değişmesini umursamaz görünüyordu. O da on iki yaşındaydı ve ne kışlar görmüştü. Ama bacaklarının kara gitgide daha fazla saplandığını fark edince, ikide bir başını çevirip şaşkınlıkla Aron'a bakmaya başladı. Yumuşak bakışları, "Bu fırtınada dışarıda ne arıyoruz?" diye sorar gibiydi. Aron bir köylünün arabasıyla çıkagelmesini umuyordu, ama ortalıkta kimseler yoktu.

Kar iyiden iyiye şiddetlenmişti, lapa lapa yağıyordu. Çizmeleri karın altında sürülü bir tarlanın yumuşak toprağına dokununca, Aron artık yolda olmadıklarını fark etti. Yolunu kaybetmişti. Artık neresi doğu, neresi batı anlayamıyor, köyün ne tarafta, kasabanın ne yanda olduğunu çıkaramıyordu. Rüzgâr ıslık çalıp uğulduyor, karları burgaçlar halinde savuruyordu. Beyazlara bürünmüş afacanlar kırlarda elimsende oynuyorlardı sanki. Yerden beyaz bir toz bulutu kalktı. Zlate durdu. Artık yürüyemiyordu. Ayrık toynaklarını toprağa mıhladı ve eve götürülmek için yalvarıyormuşçasına meledi. Ak sakalından buz salkımları sarkıyor, buz tutmuş boynuzları ışıldıyordu.

Aron, tehlikeyi kabullenmek istememekle birlikte, sığınacak bir yer bulamazlarsa donarak öleceklerinin bal gibi farkındaydı. Sıradan bir fırtına değildi. Korkunç bir kar fırtınasına yakalanmışlardı. Kar dizlerine erişmişti. Elleri uyuşuyor, ayak parmaklarını artık hissetmiyordu. Nefes alırken tıkanır gibi oluyordu. Kaskatı kesilen burnunu karla ovuşturdu. Zlate ağlar gibi melemeye başlamıştı. O kadar güvendiği insanlar onu bir tuzağa sürüklemişlerdi. Aron hem kendisi, hem de masum hayvan için Tanrı'ya yakarmaya başladı.

Birden karşıda tepeye benzer bir şey ilişti gözüne. Ne olabilirdi ki! Kim bu kadar karı tepeleme yığmış olabilirdi? Zlate'yi de ardından sürükleyerek oraya yöneldi. Yanına yaklaştığında, karla kaplanmış büyük bir saman yığını olduğunu fark etti.

Aron saman yığınını görür görmez kurtulduklarını anladı. Karların içinde oraya doğru güçlükle ilerledi. Köylü çocuğu olduğu için ne yapılması gerektiğini biliyordu. Samanlara eriştiğinde, keçiyle birlikte sığabilecekleri bir yer açtı. Dışarısı ne kadar soğuk olursa olsun, samanların içi her zaman sıcak olurdu. Üstelik Zlate aç da kalmayacaktı. Nitekim samanın kokusunu alır almaz

çok sevindi ve hemen yemeye başladı. Dışarıda kar hâlâ yağmaktaydı. Aron'un elleriyle kazıp açtığı geçit az sonra karla kaplandı. Bir çocuk ile bir hayvanın nefes almaları gerekir, oysa sığındıkları yer pek az hava alıyordu. Aron hemen samanlar ve karların arasından pencereye benzer bir oyuk açtı ve geçitin açık kalmasını sağladı.

Zlate karnını doyurduktan sonra art ayaklarının üstüne oturdu; insanoğluna duyduğu güveni yeniden kazanmış görünüyordu. Aron iki dilim peynirli ekmeğini yediyse de zorlu yolculuktan sonra karnı hâlâ açtı. Zlate'ye bakınca, memelerinin dolu olduğunu fark etti. Yanına uzanıp ağzını memelerinin altına getirdi, sütünü sağarak ağzına akıttı. Zlate'nin sütü bol ve tatlıydı. Zlate böyle sağılmaya alışık olmamasına karşın hiç karşı koymadı. Tam tersine, kendisini baştan başa yiyecekten oluşan bir sığınağa getirdiği için Aron'u ödüllendirmek ister gibiydi.

Aron açtığı oyuktan dışarıdaki kargaşayı görebiliyordu. Rüzgâr karları havaya savuruyordu. Dışarısı zifiri karanlıktı; gece mi olmuştu, yoksa fırtınanın karanlığı mı basmıştı, anlamak olanaksızdı. Neyse ki samanların içi sıcaktı. Samanlardan, kuru otlardan ve kır çiçeklerinden yaz güneşinin sıcaklığı yayılıyordu. Zlate habire yiyor, samanları orasından burasından atıştırıp duruyordu. Aron Zlate'nin sıcacık gövdesine sarılmıştı. Zlate'yi her zaman çok sevmişti, ama şimdi onu kız kardeşi gibi görüyordu. Ailesinden uzakta, bir başınaydı ve konuşmak istiyordu. Zlate'yle konuşmaya başladı. "Zlate, ne diyorsun bu başımıza gelenlere?" diye sordu.

"Meeee," diye yanıt verdi Zlate.

"Bu saman yığınını bulmasaydık, ikimiz de çoktan donmuştuk," dedi Aron.

Keçi yine, "Meeee," diye yanıtladı.

Aron, "Kar böyle yağmaya devam ederse günlerce burada kalmamız gerekebilir," dedi.

Zlate bu sefer de, "Meeee," deyince Aron, "Yahu, bu 'Meeee' de ne demek oluyor?" diye sordu. "Doğru dürüst konuşsana."

Gel gör ki Zlate bu kez de, "Meeee, meeee," demekten öteye gidemedi.

Aron kendini tutarak, "Pekâlâ, öyle olsun," dedi. "Sen 'Meeee' deyip dur bakalım. Konuşamıyorsun, ama ne dediğimi anlıyorsun. Benim sana ihtiyacım var, senin de bana. Değil mi?"

"Meeee."

Aron'un uykusu gelmişti. Samanlardan bir yastık yapıp başını yasladı ve hemen uyudu. O arada Zlate de çoktan uykuya dalmıştı.

Aron gözlerini açtığında gündüz mü, gece mi, anlayamadı. Kar açtığı pencereyi kapatmıştı. Açmaya çalıştıysa da oyuğa soktuğu kolu dışarıya erişmedi. Neyse ki sopası yanındaydı, sopayla yeniden açabildi oyuğu. Dışarısı hâlâ karanlıktı. Kar yağmaya devam ediyor, rüzgâr uğulduyor, inildiyor, ıslık çalıyor, türlü türlü sesler çıkarıyordu. Bazen de şeytani kahkahalar patlatıyordu. Az sonra Zlate de uyandı; Aron'un selamını, "Meeee," diye yanıtladı. Evet, Zlate yalnızca tek bir sözcük söyleyebiliyordu, ama

bu tek sözcük pek çok anlama geliyordu. Şimdi de, "Tanrı'nın bize bağışladığı her şeyi, sıcağı, soğuğu, açlığı, doyumu, ışığı, karanlığı kabullenmeliyiz," diyordu.

Aron uyandığında karnı zil çalıyordu. Yanına aldığı ekmekleri bitirmişti, ama Zlate'nin sütü boldu.

Aron ile Zlate üç gün saman yığınının içinde kaldılar. Aron Zlate'yi her zaman sevmişti, ama bu üç gün boyunca ona gitgide daha çok bağlandı. Zlate Aron'u sütüyle besledi, gövdesiyle ısıttı. Sabrıyla gönlünü ferahlattı. Aron Zlate'ye pek çok öykü anlattı, Zlate de onu kulaklarını dikerek dinledi. Aron başını okşadığında, onun elini ve yüzünü yaladı. Sonra da, "Meeee," dedi ve Aron bunun seni çok seviyorum anlamına geldiğini anladı.

Kar ilk günkü kadar şiddetli olmamasına, rüzgârın da biraz olsun hafiflemesine karşın üç gün boyunca yağdı. Aron kimi zaman, kendini bildi bileli hiç yaz olmadığı, hep kar yağdığı duygusuna kapıldı. Sanki Aron'un hiç anası, babası, kız kardeşleri olmamıştı. Bir kar çocuktu o; kendisi de, Zlate de kardan yaratılmışlardı. Saman yığınının içi o kadar sessizdi ki o durağanlıkta Aron'un kulakları çınlıyordu. Aron ile Zlate, bütün gece ve günün büyük bir bölümünde uyuyorlardı. Aron rüyalarında hep havanın açtığını, kırların yeşile büründüğünü, ağaçların çiçek açtığını, derelerin dupduru aktığını, kuşların şakıdığını görüyordu. Üçüncü gece kar durduysa da Aron karanlıkta evin yolunu aramayı göze alamadı. Bulutlar dağıldı, ay ışıdı, karın üstüne gümüşsü yansılar düşürdü. Aron oyuğu kapatan karları eşeleyip dışarıya baktı. Her yer bembeyaz ve sessizdi, tanrısal bir ışığın vurduğu bir düşler ülkesiydi sanki. Yıldızlar kocaman ve yakındı. Ay gökyüzünde denizde yüzercesine yüzüyordu.

Aron dördüncü günün sabahı bir kızağın çan seslerini duydu. Saman yığını yola o kadar uzak değildi. Kızağı süren köylü ona yolu gösterdi; ama kasabaya ve kasap Feyvel'e giden yolu değil de, köye, eve giden yolu. Aron saman yığınının içindeyken, Zlate'den bir daha hiç ayrılmamaya karar vermişti.

Aron'un ailesi ile komşular oğlanla keçiyi aramaya çıkmışlar, ama fırtınada hiçbir ize rastlayamamışlardı. Yollarını kaybetmiş olmalarından korkuyorlardı. Aron'un annesiyle kız kardeşleri ağlaşıyordu; babasının ise ağzını bıçak açmıyordu, umarsızlık içindeydi. Birden, komşulardan biri koşarak evlerine geldi ve Aron ile Zlate'nin yolda göründüklerini haber verdi.

Bütün aile büyük bir sevince boğulmuştu. Aron onlara saman yığınını nasıl bulduğunu, Zlate'nin onu sütüyle nasıl beslediğini anlattı durdu. Aron'un kız kardeşleri Zlate'ye sarılıp öptüler, havuç ve patates kabuklarından oluşan enfes bir ziyafet çektiler. Zlate de büyük bir iştahla hepsini yalayıp yuttu.

O günden sonra hiç kimse Zlate'yi satmayı aklının ucundan bile geçirmedi. Artık soğuklar iyiden iyiye bastırdığı için de köylüler yeniden kürkçü Reuven'in kapısını aşındırmaya başladılar. Hanukka bayramı geldiğinde Aron'un annesi her akşam gözleme yaptı ve Zlate de payına düşeni aldı elbette. Kendi ağılı olmasına karşın sık

sık mutfağın kapısına dayanıyor, içeri girmek için boynuzlarıyla kapıya vuruyor ve hiçbir zaman geri çevrilmiyordu. Akşamları Aron, Miryam ve Anna topaç oyunu oynuyordu. Zlate de sobanın yanına kurulup çocukları ve Hanukka mumlarının titrek ışıklarını seyrediyordu.

Aron arada sırada, "Birlikte geçirdiğimiz o üç günü hatırlıyor musun, Zlate?" diye soruyordu.

Zlate de boynuzuyla ensesini kaşıyıp ak sakalını salladıktan sonra, tüm düşünceleri ve tüm sevgisini dile getiren o biricik sesi çıkarıyordu.